LE BON

CURÉ JEANNOT

ET SA

SERVANTE.

Par M. de Cambry

BIBLIOTHEQUE ROYALE

LONDRES.

M. DCC. LXXXIV.

LE BON CURÉ JEANNOT

ET

SA SERVANTE.

LE BON CURÉ JEANNOT.

Dieu faſſe paix au bon curé Jeannot,
Qui de ſon tems vécut comme un S. homme,
Mangeant ſon Chriſt, avalant le rogôme,
Paillard au lit, à l'égliſe dévot,
Il ne connut ni geneve, ni rome ;
Voilà quel fut le bon curé Jeannot.

Si par haſard une gente pucelle
A deux génoux lui contoit ſon tourment,
Comme Satan ſans ceſſe la harcelle,
Comme elle eſt foible & convoîte un amant;
Lors le Béat, d'un ton plein de luxure,
D'un ton ſucré, l'arraiſonnoit bientôt;
Puis d'un S. baume arroſoit ſa bleſſure :
Voilà quel fut le bon curé Jeannot.

a

Jean, fon voifin, mourut dans la détreffe;
Sa veuve étoit jeunette & faite au tour,
Son corps gentil & taillé pour l'amour....
De créanciers une troupe la preffe ;
Tout eft perdu , dit-elle, & fans retour,
Si mon curé n'a foin de ma jeuneffe ;
Il en eut foin , il paia largement
Des créanciers l'abominable efpece.
Avec la veuve il pleura bonnement,
La confola , lui fit mainte promeffe,
Puis vers lanuit, fans trop favoircomment,
Tout en parlant de *réquiem* , de meffe,
Du paradis , d'enfer & de confeffe ,
Sans y fonger , il lui fit un enfant :
Ainfi , jadis , pour lui rendre la vie,
Pour remplaceruxépoux impuiffant ,
L'Ange du ciel dépofoit en chantant
Un beau poupon dans le fein de Marie;
Femmes , priez qu'en tel événement ,
Ainfi du Ciel la grace vous advienne ,
Dans vos malheurs invoquez fagement
L'Ange qui chante une fi douce antienne,
Où mon Jeannot, qui vécut faintement ,

Mangeant son Christ, avalant le rogôme,
Qui ne connut ni geneve, ni rome,
Et consoloit en faisant un enfant :
Il est tel St. que partout on renomme
Qui pour le Ciel n'en a pas fait autant ;
Je ne connus jamais un plus digne homme !

Entre Guillaume & Jean Remi Gauthier,
L'un gros marchand, l'autre riche rentier,
Un jour s'émut une grande querelle ;
Bientôt la haine & les caquets des sots,
Les faux rapports, l'insulte, les gros mots,
Vont circulant par la bouche femelle ;
Nos champions s'apprêtoient aux combats,
Déjà leurs mains menacent leurs oreilles :
Jeannot paroît & Jeannot fait merveilles,
D'un bras nerveux il arrête leurs bras,
Puis, à leurs frais, en vuidant vingt bou-
    teilles,
Il rompt le cours de leurs fâcheux débats.

O St. Jeannot, au sommet de ta gloire,
Quand tu sauras que ces vilains Anglois,

Que ces pesans amis de la victoire
Veulent encor interrompre la paix,
Dis-leur Jeannot, Milords, il vaut mieux
   boire,
Et... c'est pécher qu'égorger les François.

Je le voyois souvent dans son village
En gros sabots en habit retroussé,
Des flots émus prévenir le ravage,
Faire une digue, élever un fossé,
Courber en voûte une vigne naissante,
Prêter aux champs une onde nourrissante,
Et le Dimanche, après avoir dansé,
Soigner ses fleurs d'une main caressante;
Il avoit fait sous les murs du château
A peu de frais une belle esplanade,
Le Marguiller, le Chantre, le Bedeau,
Là, gravement bornoient leur promenade,
Les jeunes gens dansoient au chalumeau,
Les hommes faits lampoient une razade,
Où mon Jeannot au pied d'un viel ormeau
Pour ranimer les vieillards du hameau,
Leur fredonnoit une antique balade.

Dans fes fermons pleins de fimplicité
Point ne contoit nos fables effrayantes,
Point ne parloit de chaudieres bouillantes
Où brûleront pendant l'éternité,
Tous les mortels de races mécréantes,
Pour n'avoir dit le *Benedicite.*

En un feul tems il changeoit de maxime,
C'étoit aux mois où l'on payoit la dixme,
Lors il crioit, comme un défefpéré,
Pour un feul crime il n'eft pas d'indulgences,
Et c'eft pour ceux qui trompent leur curé
Que l'Eternel réferva fes vangeances.

Il lifoit peu, fi ce n'eft fur le tard
Pour s'endormir ; il prenoit au hafard
La fleur des faints, verboquet, lazarile,
Robert-le-diable, ou le St. Evangile,
A fon prochain il ne fit aucun tort,
Lors pour fon bien, fi j'ai bonne mé-
    moire ;
Que dire, hélas, pour finir fon hiftoire,
Chafte il étoit.. quand il dormoit bien fort,
Sobre il étoit.. hors quand il falloit boire.

Dieu faffe paix au bon curé Jeannot,
Qui de fon temps vécut comme un S.
   homme ,
Mangeant fon Chrift, avalant le rogôme,
Paillard au lit , à l'églife dévot ,
Il ne connut ni geneve , ni rome :
Voilà quel fut le bon curé Jeannot.

SA SERVANTE.

Mon doux Jefus ! à ma confeffion
Daignes pøeter une oreille indulgente ,
Je n'eus hélas ! (& j'en fuis repentante)
Point de fecrets contre l'occafion.

J'étois jeunette & la fleur du village ,
Un feu fecret circuloit dans mon fein ,
Qui s'élevoit & s'abaiffoit foudain ,
Dès que Colin dans le printems de l'âge ,
Me regardoit, ou me feroit la main.
Vous le favez quel homme étoit Colin ,
Mon doux Jefus ! quelle aimable figure ,
Quelle amoureufe & robufte tournure ,

Quelle chaleur, il reçut du malin.
C'étoit un soir dans le fond d'un bocage,
L'air étoit pur & le ciel sans nuage,
Le gazouillis de cent petits oiseaux,
L'ombre des bois, le doux bruit des
 ruisseaux,
Tout m'invitoit à perdre l'innocence :
Colin parut, Colin fut mon vainqueur,
Mon doux Jesus, Colin fit mon bonheur,
Et j'opposai très-peu de résistance,
Aux doux transports de sa bouillante
 ardeur.
On peut crier.. mais dans cette occurrence,
Fille qui n'a pour soutien que l'honneur,
Et qui résiste au penchant de son cœur,
Facilement est réduite au silence.

A notre amour succéda la langueur,
Lors mon péché chargea ma conscience,
Pâle, tremblante, aux pieds d'un con-
 fesseur,
Je résolus de faire pénitence :
J'avois fait choix du bon curé Jeannot,

On fçut depuis quel étoit ce faint homme,
Paillard au lit, à l'églife cagot,
Il ne connut ni geneve, ni rome.

Je lui peignis les affauts du malin,
Comme la chair a fur moi trop d'empire,
Puis ma langueur, & puis comme Colin
M'avoit conté fon amoureux martyre :
Mon doux Jefus ! même dans le S. lieu,
Sous la foutane... à la barbe de Dieu,
Quoi le démon peut nous tendre des
    pièges...
D'honneur le diable a trop de privilèges,
Jamais, jamais on ne vit rien de tel ;
Jeannot me fit... ô honte de notre âge,
Jeannot me fit, au pied du maître autel,
Ce que Colin m'avoit fait au bocage.

Le cœur navré, le courage abattu,
Défefpérant d'être honnête & tranquile,
Je réfolus de me rendre à la ville ;
Là, je croyois qu'habitoit la vertu.

Je cheminois fur les bords de la feine
En plein midi, dans le fort de l'été,

Trifte, rêveufe & me traînant à peine,
Quand un foldat avec civilité,
D'un air galant, me dit, Mademoifelle:
C'eft à Paris que s'adreffent vos pas,
Comptez fur moi, difpofez de mon zele,
Daignez fur tout vous fervir de mon bras;
On ne peut pas pour peu qu'on foit hon-
    nête,
Mal recevoir un joli compliment:
Je l'accueillis, nous voilà tête à tête,
Mon militaire étoit ma foi charmant;
J'aimois fur-tout fa fraîcheur féduifante,
Son grand œil noir, & l'émail de fes dents,
Et fa mouftache encore adolefcente,
Et fon air fier, & fes propos galans:
Tel me parut le beau L....
Quand je le vis à la fleur de fes ans,
Avant qu'il fût à la ducheffe altière,
Qu'on s'arrachât le débris de fes fens,
Et qu'il traînât partout & fa mifère,
Et fes dégoûts, & fes regrets cuifans.

Je devois voir en telle compagnie
Que ma vertu couroit de grands hazards,

Que rarement un ami du Dieu Mars
Scait épargner une femme jolie ;
Que voulez-vous, c'eft une etourderie,
Je crus, je crus qu'il falloit lui céder,
Mon cœur trahit ma trop foible inno-
    cence,
Mon doux Jefus, je crus tout accorder
Au fentiment de la reconnoiffance.

Mon compagnon bientôt me dit adieu,
Je m'écriai dans un tranfport de rage,
St. Guignolet, dis-moi donc en quel lieu
Je remplirai le projet d'être fage ;
On ne l'eft point dans le fond d'un bocage,
On ne l'eft point dans la maifon de Dieu,
On ne l'eft point, hélas ! fur le rivage,
Où donc aller, & j'arrive à Paris ?

Là mon parain, petit vieillard tout gris,
Tous les matins condamnoit au fupplice
Quelqu'infracteur des arrêts de Themis,
Et tous les foirs avec quelques amis,
Se ranimoit au foupé d'une actrice ;

Dès qu'il me vit, il me prit le menton,
Puis gravement en fuppôt de juftice,
Laiffa gliffer avec diftraction
Sous mes jupons une main protectrice;
Je retrouvai ma force & ma vertu,
Je m'emportai, mon dépit fut extrême,
Et fans refpect, il eût été battu
S'il ne m'eût pas rappellé mon baptême;
Mon doux Jefus, en cette occafion,
Tu m'es témoin qu'en dépît de l'envie,
Je fus rebelle à la tentation,
Que je fus fage une fois dans la vie;
Auffi la nuit un paifible fommeil
Récompenfa ma fainte réfiftance,
Et je goûtai, tranquile à mon réveil,
Le calme heureux qu'éprouve l'inno-
cence.

Ce calme, hélas, ne dura pas longtemps,
Malgré fes pleurs & malgré fes préfens,
Mon vieux parain me trouva toujours
fage;
Mais il avoit un fils de dix huit ans,

Il en étoit à son apprentissage,
Timide enfant, il ignore l'usage
Des facultés qu'il a reçus des Dieux,
Sur mon fichu s'il a jetté les yeux,
Un beau carmin colore son visage;
La nuit, en songe il ose davantage,
Il est pressé de desirs curieux,
Il se tourmente auprès de mon image...
Mon doux Jesus, tu scais qu'un beau matin
  Je le rendis savant comme Colin...
Mon vieux parain vit notre intelligence,
Sçut nous guetter; & nous ayant surpris,
Me reprocha mon crime avec son fils,
Blâma sur tout mon excès de décence,
Quand on avoit avec distraction
Laissé glisser la main sous mon jupon.

Il me chassa.. dans mon dépit extrême,
Je résolus d'aller dans un couvent,
Pour me remettre en paix avec moi même;
Quand sur mes pas je revis mon amant,
Il m'entraîna dans un appartement,
Où tout aux yeux annonçoit l'opulence;

Là je perdis ce langage bourgeois,
Cette ftupide & groffiere ignorance,
Ce ton pefant, & cet air vilageois,
Sots compagnons qu'on prête à l'inno-
  cence ;
Je vis bientôt & Miniftre & Prélat
C.... de P.... & l'eunuque D....
Leur ridicule égayoit ma toilette,
Que ce dernier eft un trifte poëte !
Pour mon honneur, je ne répète pas
Ce qu'il me fit, ou qu'il ne me fit pas,
Ses froids écrits auroient bien dû m'ap-
  prendre
A quel affront j'avois lieu de m'attendre.

De ce malheur S*** Me confola ;
C'étoit un plat & groffier perfonnage,
Fort, roide, dur, à la fleur de fon âge,
Un peu cheval, & fu.... outre cela ;
On doit avoir un bel efprit en France,
Il nous émeut, il ébranle nos fens :
Mais quand il faut finir ce qu'il commence,
Ayez recours à de bons payfans,
C'eft le confeil de mon expérience.

b

Je me perdrois dans ces digreſſions,
Heureuſe, hélas! ſi de mes paſſions
Le vrai récit, ſi ma ſaine morale
Peut de ma vie effacer le ſcandale.

Mais achevons, je jouiſſois en paix
De mille amans & de tous leurs bienfaits,
Quand au milieu de ma belle carrière
Je fus conduite à la ſalpétrière :
Mon vieux parain me punit durement
Du tort que j'eus d'être ſage un moment,
Que je blâmai ma ſotte répugnance!
Je m'en punis, & je fis le ſerment
D'être moins dupe après ma pénitence,
De ne bruſquer jamais un vieil amant,
Et de céder toujours ſans réſiſtance.

Ce que j'ai fait, à peine je me repens,
Car je ſuis vieille & j'ai trois grands enfans,
Et pas un ſol. Heureuſe en ma miſère,
Le bon Jeannot leur a ſervi de père,
Il les exerce au ſervice divin :
Charles eſt Bedeau, Alexis Sacriſtain,

Jean sert la messe, Armand chante au
    Lutrin,
Jacques, Pierrot répétent la priere ;
Soyez heureux petits sils de   ,
Et réparez les torts de votre Mère !